O —

editora Urutau

rua do cajú, 478,
jardim das cerejeiras
06724-015
cotia-sp (brasil)

rua manuel pacheco nobre, 128 - 5º esquerdo
2830-080
barreiro (setúbal)
portugal

[+351] 928053619 [portugal]
[+55] 11 9 4859 2 426 [brasil]

www.editoraurutau.com.br
contato@editoraurutau.com.br

[EDITORA]
debora ribeiro rendelli
[REVISÃO]
maria do carmo ribeiro leal
[PROJETO GRÁFICO]
wladimir vaz
[COORDENAÇÃO GRÁFICA]
tiago fabris rendelli
[FOTOGRAFIAS]
debora ribeiro rendelli e marco zambello
[DIAGRAMAÇÃO]
victor h. azevedo
[CAPA]
victor h. azevedo, sobre fotografia de debora ribeiro rendelli

dados internacionais de catalogação na publicação (CIP) de acordo com ISBD

J47i

jekupé, olívio
a invasão / olívio jekupé. - 2. ed. - cotia : urutau, 2022. 72 p. ; 13cm x 19cm.

ISBN: 978-65-5900-303-7

1. literatura brasileira. 2. conto. 3. prosa. 4. indígena I. título.

2022-1976

CDD 869.8992301
CDU 821.134.3(81)-34

elaborado por odilio hilario moreira junior - CRB-8/9949

A INVASÃO

OLÍVIO JEKUPÉ

[segunda edição]
URUTAU
julho de 2022

sumário

A INVASÃO DOS PORTUGUESES EM 1500

Em 22 de abril de 1500, apareceram nestas terras, hoje chamadas de Brasil, os primeiros jurua kuery (não indígenas). Eles vieram de Portugal, lugar muito longe daqui. A chegada de Pedro Álvares Cabral e seus companheiros não foi nada bom para nós, os "índios".

É, os nossos antepassados indígenas receberam os portugueses muito bem, só que eles não imaginavam que, naquele momento, dava-se o início da destruição e que o interesse deles era outro. Exploraram e roubaram todo esse imenso território.

Sendo assim, para os jurua kuery, como eles mesmo dizem: 22 de Abril é o dia do descobrimento do Brasil, mas para nós, indígenas, é o dia da invasão.

ROUBARAM NOSSO PAU-BRASIL

Logo que os portugueses chegaram aqui, viram que essa região era muito rica, que havia muitas aves, animais e uma floresta linda como um europeu nunca tinha visto; a terra era muito boa de se plantar.

Mas quero falar sobre o Pau-Brasil, (yvyrapyntã). Essa árvore, além de bonita, é boa para fazer tinta, e, como os portugueses sabiam disso, nossos parentes foram enganados, chegando até derrubarem-na para os invasores; às vezes, em troca de objetos de pouco valor.

Os portugueses levaram tanta madeira para Portugal que deixaram nossas terras carentes. Hoje, ainda existe o pau-brasil, mesmo que muito pouco. Aliás, pouca gente conhece essa linda árvore já que é rara.

É graças a essa árvore quase exterminada que esse imenso país se chama Brasil.

POR QUE SOMOS CHAMADOS DE ÍNDIOS?

Na verdade não somos índios. Somos Nhandeva (guarani), Kaiapó, Terena, Tukano, Tupiniquim, Krenak, Pataxó, Xetá e muitas nacionalidades mais. Essa palavra não tem tradução em nenhuma das nações indígenas, é fruto de um erro sociodemográfico.

No projeto exploratório de Pedro Álvares Cabral, o objetivo era chegar em um país chamado Índia, localizado no continente asiático, mas acabou chegando ao Brasil, achando que chegara onde queria. Com isso, chamaram nosso povo de índio, termo usado até hoje.

OS JESUÍTAS TAMBÉM NOS MASSACRARAM

Muitos esquecem que nossos antigos parentes, de todas as nações, sofreram nas mãos dos padres jesuítas. Sim! Sofreram demasiadamente; aliás, foi por causa deles que, naquela época, muitos começaram a perder sua cultura.

Acredito que qualquer povo do mundo tem a própria religião e o que todos deviam ter feito, há muitos séculos atrás, era respeitar essa singularidade.

Para matar uma nação, não é preciso de arma, basta destruir a religião do outro. Cada povo ou nação vive de acordo com certos costumes, em especial os religiosos. Uma nação morta pode ter o corpo vivo, mas, espiritualmente, sem sua religião, sem costumes tradicionais, sem sua língua e seguindo ideias daqueles oprimiram seus antigos parentes não será o mesmo povo.

A ESPERTEZA DOS JESUÍTAS

Os jesuítas queriam catequizar os povos indígenas a qualquer custo, e uma das primeiras coisas que fizeram, logo que entraram nas aldeias, foi tentar aprender a língua tupi.

Eles aprendiam o tupi e, com isso, para enganar os nossos parentes com discursos católicos, ensinando uma nova religião e fazendo com que nossos ancestrais largassem a própria; diziam que a pajelança era diabólica.

Sendo assim, vemos como os jesuítas erraram querendo ensinar uma nova religião, prejudicando os dogmas espirituais e a cultura do nosso povo.

Com essa evangelização, muitas nações largaram sua religião para seguir o catolicismo; aliás, existem igrejas em algumas aldeias do Brasil e tem pessoas de várias nações que andam com crucifixo no peito, ou, mesmo quando morrem, são enterrados como cristãos.

Os juruá kuery também aprenderam dos jesuítas e acabaram pregavam que Tupã era Jesus para os povos de tradição tupi-guarani, fazendo com que muitos começassem a acreditar que era o mesmo Deus.

NÃO HAVIA DOENÇAS

Antes da chegada dos portugueses, nossos ancestrais não morriam de doenças, viviam bem e só morriam por idade, acidente ou por guerras entre nações. Tinham uma vida longeva.

Naquela época, não se falava em doenças, não tinham anticorpos, como tinham os brancos na Europa, contra a gripe, a pneumonia, a varíola, infecções em geral etc. Os antepassados começaram a ter as mesmas doenças a partir do momento que tiveram contato com o invasor.

INÍCIO DAS DOENÇAS

Quando abordei a vida dos nossos ancestrais, disse que, antes da invasão, não havia doenças, ninguém morria por conta delas, e, por não terem doenças, também não tinham anticorpos. Foi o início do extermínio dos povos indígenas.

Quando os portugueses invadiram esta terra, havia milhões de pessoas; dizem alguns estudiosos que seriam 5 milhões, outros, até 6 milhões. Na minha opinião, contudo, eram mais de 10 milhões, pois os portugueses não conheciam a mata bem o suficiente para saber ao certo.

Para quem queria o fim dos nossos ancestrais, as doenças foram a maior arma que tinham; mas não a única, aliás.

Os anos foram passando e a população branca ia crescendo, enquanto a população indígena diminuía, todos os dias as doenças matavam muito mais rápido do que as armas de fogo. Algumas tribos chegaram a ser exterminadas.

Felizmente, nossos ancestrais sempre tiveram um forte conhecimento da natureza, sabendo para que servem vários tipos de ervas que os auxiliaram no trato das epidemias – inclusive, atualmente, é notório que nosso povo é o maior conhecedor das ervas.

O CONTINENTE ANTES DA INVASÃO

Nós, indígenas, somos o povo nativo deste país. Nossos antepassados não conheciam outro tipo de gente. O continente conhecido como América foi nomeado segundo Américo Vespúcio, navegador e mercador italiano, que descobriu boa parte das terras hoje chamadas de América. No entanto, você, leitor deve imaginar o porquê desse continente não ter recebido um nome indígena.

Neste continente havia várias nações com suas fronteiras, com seus costumes, línguas e tradições, nossos ancestrais de todas as nações eram felizes antes da nossa terra ser invadida. Sim, é verdade, pois viviam da caça, da pesca, era tudo mais fácil, muitas frutas, milhões de árvores, o mar, os rios eram limpos, não havia sujeira, por isso é que digo que antigamente viviam melhor, com fartura., Isto é que é felicidade e todos sabiam que de fome não iriam morrer porque Nhanderu (nosso Deus) criou tudo e nossos ancestrais viviam no meio de tudo isso e ainda queremos viver.

Ora, o continente americano, tão antigo como os demais, era habitado há muito por sociedades que recortaram seu espaço das mais diversas maneiras. (cf. *A temática indígena na escola: novos subsídios para professores de 1º e 2º graus*, de Luis Grupioni.)

ÁRVORE – YVYRÁ

O Brasil era, ao certo, uma região com milhões de árvores, e nossos antepassados viviam em harmonia, entendendo que precisamos muito delas.

Eram tantas árvores que não tinha como somar; era como a noite estrelada: quando olhamos para o céu, observamos uma imensidão de estrelas.

Naquela época que só havia indígenas, isto é, nações de povos diferentes, nossos ancestrais não se preocupavam por falta de madeira; enquanto derrubavam uma árvore, nasciam milhares, e só o faziam quando era preciso, pois, entre nós, não havia madeireiro e nenhum tipo de ambição econômica.

Para eles, não havia a preocupação de um dia as árvores tornarem-se escassas; como viviam em paz com a natureza, precisando dela, só usavam o necessário, jamais findando-as.

Imagine só como foi viver naquela época, provavelmente de muita alegria por viver no meio de tantas árvores, sentindo o cheiro da natureza que o próprio Deus criou para nós.

Nossos ancestrais souberam respeitar e entender a mãe natureza, é por isso que, antigamente, esta terra era cheia de árvores de todos os tipos.

VIVENDO DA CAÇA

Quando havia só indígenas neste país, espalhados em todos os cantos de norte a sul, leste a oeste, sabe-se que existia uma imensa diversidade animal.

Nossos ancestrais tinham o hábito de consumir carne animal e, como havia abundância de animais, não existia dificuldades para se alimentar. Bastava ser um bom caçador, atento aos animais espertos, rápidos, alguns muitos são perigosos.

No entanto, caçavam apenas para se alimentar, nunca matavam à toa.

Mesmo vivendo, principalmente, da caça, não havia a preocupação de extermínio, o mesmo com as árvores.

Com boa alimentação, nossos parentes eram fortes e sadios. Aliás, até os animais tinham boa saúde por alimentarem-se com fartura e diversidade. E se o animal era sadio, nossos ancestrais também o eram.

VIVENDO DE FRUTAS

A região que hoje é conhecida como Brasil sempre se caracterizou por suas boas e férteis terras, principalmente antes de o homem branco chegar aqui (invadir). A própria natureza cuidava de tudo.

Você já imaginou este país tão imenso cheio de árvores frutíferas? Quando nossos ancestrais queriam comer algum tipo de fruta, era só ir até o pé. Como as próprias aves faziam. Somos parte da natureza; nosso povo sabia e desfrutava de saúde completa.

Por isso, é que antes do jurua chegarem, éramos felizes, e se hoje sofremos é porque esta terra foi invadida.

A ESCOLA ERA A PRÁTICA

Antigamente nosso povo não vivia estudando em escolas particulares, nem estaduais ou municipais; cada nação no Brasil tinha e tem sua língua, mas não tinham um sistema escrito.

Isso, no entanto, não fazia deles pessoas menos sábias e inteligentes, pois era com a vida ou a prática cotidiana que aprendiam e, ao mesmo tempo, ensinavam. Posso dizer que, quanto mais velho, mais sábio, por isso o respeito dos mais novos para com eles.

O papel dos mais velhos era e é o de um pai, de um mestre; até os dias de hoje os povos indígenas tem esse saber, algo muito importante para que nosso povo não recuse a tradição.

Sabemos que nossas ancestrais, antes da invasão dos brancos europeus, viviam uma vida puramente tradicional e, mesmo sem escolas, eram cultos.

Nossos ancestrais seriam sábios à própria maneira, com a escola da prática cotidiana, da tradição, dos velhos, da natureza.

O RESPEITO À MÃE NATUREZA

Vivíamos ao lado de diversas coisas maravilhosas, que somente um criador superior a tudo poderia ter construído. Esse criador que fez toda a mãe natureza também nos fez filhos dela. Os primeiros povos entenderam e souberam respeitar este mundo maravilhoso, que tudo nos provê. Nossos ancestrais entenderam isso; os brancos, até hoje, não.

Antes de os brancos chegarem aqui, nossa mãe natureza não sofria, pois nossos antepassados sempre dependeram dela e, assim, não a destruíam. Da mesma forma que ela nos ama devemos amá-la. Não havia rios poluídos nem destruição da mata, neste território que hoje chamamos de Brasil, com a fauna e a flora abundante e preservada, não se falava em camada de ozônio, extinção dos animais e fome.

Sei que muitos podem não entender este respeito que nossos ancestrais sempre tiveram pela nossa mãe, mas eu entendo e nossos parentes indígenas também entendem: é esse respeito que fez e faz o nosso povo resistir a esse domínio que os brancos iniciaram aqui em 1500. Por isso, o respeito à mãe natureza nunca pode acabar, pois ela é nossa fonte de vida e protetora.

Foram séculos de uma vivência tranquila com a mãe natureza, que deu tudo aos nossos ancestrais, sem cobrar nada que não respeito; se eles não tivessem sabido respeitá-la, não teriam sido felizes como foram.

A LIBERDADE

Antes de os europeus pisarem nesta terra, as nações nem sempre viviam em um único lugar; muitos mudavam por conta de guerras tribais, época de caça, questões climáticas etc.

Viviam livres. O costume dos nossos ancestrais era diferente daqueles que vieram para dominar; foram e ainda são afetados pela invasão.

Cada nação tinha a própria língua, a própria religião, crenças, e uma forma de vida e de pensar distintas. No entanto, não eram presas a um sistema, no qual alguém criticava a religião do outro ou as próprias guerras etc.

Podemos entender que, naquela época, ser guerreiro era uma honra e se alguma tribo capturasse alguém de outra, não restringia a sua liberdade; na verdade, ele ficava livre na aldeia que o capturou; esse guerreiro preso não fugia, pois para ele seria uma covardia e principalmente uma desonra para o seu povo. Assim, a coragem do guerreiro preso era a de um verdadeiro herói.

Ser livre não era só entrar no meio da mata, mas estar junto à natureza, onde podiam casar, pescar, caçar, ter filhos, aprender o que os mais velhos sabiam e ser um bom guerreiro para enfrentar a tribo rival. Essa era a verdadeira liberdade.

Os seres humanos almejam ser livres, e, se quiserem entender o que é liberdade, podem, por exemplo, refletir sobre a vida dos nossos ancestrais; para entender essa liberdade cultural é preciso voltar a eles, sem a mentalidade de superioridade.

RIOS LIMPOS

Quando os rios não são poluídos, sujos e mortos, a natureza e todos que vivem dele agradecem.

Antes da invasão, este país era muito belo. Imagine como era prazeroso ver os rios tão limpos. Imagine como era um deleite poder nadar ou beber daquela água tão pura e cristalina.

Muitos dos nossos ancestrais viviam da pesca. Quem vive da pesca sabe que os rios não podem ser destruídos, pois, caso contrário, estamos prejudicando a nós mesmos. Precisamos respeitá-los. Quando crianças, os nossos ancestrais aprendiam que os rios são uma das coisas mais importantes para a sobrevivência das espécies.

Países de outros continentes nunca tiveram tantos rios e tantos peixes como o Brasil; sempre passaram dificuldades e imagino como é difícil viver assim, com a água escassa.

Aqui, a escola da vida ensinou aos nossos ancestrais a importância que a água tem para todos; se não tivessem entendido isso, antes mesmo de os brancos chegarem, os rios já teriam sido poluídos, os peixes mortos e o povo não beberia água potável.

Se hoje temos condições de vida diferentes, a culpa é dos que nunca souberam respeitar os rios; mas algo que posso dizer com esperança é que nunca é tarde, basta respeitar os rios e entender a importância que a água tem para todos nós. Quem sabe aquele rio perto de você, que já está sujo e poluído, não poderá se tornar um rio limpo como já foi. Aliás, não existe rio que nasceu sujo, o que existe são pessoas que o sujam.

IGUALDADE SOCIAL

Se existe algo que faz um povo viver tranquilo, sem o problema da fome, é a igualdade social. Assim sempre foi no mundo indígena: uma vida em que todos possuem uma prática de igualdade.

Nossos ancestrais só conheciam e viviam no mundo igualitário, não eram teóricos, viviam de acordo com seus costumes. Esse entendimento nem sempre se encontra nas teorias; só é possível absorvê-lo dos "índios", "primitivos" ou "nativos".

A vivência de igualdade era crucial para os nossos ancestrais – os portugueses não entenderam a grandeza do nosso povo.

Para que nossos ancestrais vivessem sempre em uma prática de igualdade, as pessoas das aldeias (nações) ensinavam às crianças, mas não era através de leitura de texto, nossos ancestrais não possuíam a escrita, mas aprendiam vendo os pais e todos da comunidade fazendo isto ou aquilo, e, assim, eles seguiam os mesmos costumes. Também uma das coisas que as crianças não conheciam era a tal de ambição e que é através dela que se chega ao pensamento individual.

É impossível viver numa comunidade para aquele que tem ambição de querer ter lucro próprio.

Porventura, mesmo que digam que estou errado, direi que a filosofia da igualdade, na prática, foi uma das coisas mais importantes. É graças a esses antigos costumes que os nossos parentes ainda resistem e conseguem viver em comunidade. Recomendo:autores que quiserem escrever algo sobre a igualdade não crie teorias, mas aprenda com os povos do Brasil, da América, e de outras nações que vivem em comunidade.(cf. os textos "Desigualdade social", de Hobes, e "Contrato social", de Rosseau.)

A CIVILIZAÇÃO INDÍGENA

O mundo indígena era muito diferente antes da invasão. Nossos ancestrais viviam tradicionalmente, sem passar necessidades, pois a prática social era comum. Não havia a moeda, mas não precisavam de uma e a economia como conhecemos hoje não existia, não havia escravidão; vivia-se, como disse anteriormente, da caça, da pesca, das frutas, tudo em abundância. Havia também o cultivo de mandioca, batata-doce, milho etc., alimentos consumidos por todos até hoje.

As nações indígenas são muito civilizadas; no entanto, os não indígenas dizem o contrário, chamam-nos de selvagens. Nossos antepassados já eram organizados como sociedade e até hoje nosso povo segue feliz com esse modo de civilização; no modelo de civilização do branco e europeu, nem todos estão seguros e confortáveis. Essa forma de civilização em que viviam os antigos foi muito importante, tanto no passado como no presente, uma vez que é com essa forma de vida que as futuras crianças aprenderão a viver como os antigos, mesmo havendo mudanças.

Espero que os não indígenas entendam que, tudo isso que escrevi não é para criticá-los, mas para conscientizar quem sempre acharam ser civilizados e superiores, vendo o nosso povo como selvagem, atrasado.

CULTURA É CULTURA

Como nossos ancestrais tinham as próprias culturas e viviam de acordo com ela, não criticavam as dos outros, entendiam que cultura é cultura, e, assim, é admirável como havia tantas nações em harmonia.

Imaginem só, se eles pensassem como os não índios, com ideias de superioridade sobre os outros povos, seria preocupante e uma tristeza como é hoje. É importante entender que todas as nações têm um tipo de cultura. A cultura dos nossos ancestrais precisa ser entendida. A sociedade precisa perceber que tanto o índio quanto o branco têm suas qualidades e nenhum é superior ao outro; cultura é a vivência de um povo, um grupo ou uma nação, e uma nação sem cultura não é uma nação; bem como quando é obrigada a viver de acordo com outra que não a própria.

Tudo aquilo que nossos parentes fazem, como vivem e no que acreditam é legado dos antigos. É preciso entender que cultura é bem diferente de "moda", prática que os europeus têm só para lucrar.

A INVASÃO DOS PORTUGUESES

A partir de agora, falarei da pior data da história brasileira: 22 de abril de 1500. Nesse ano, esta terra em que viviam pessoas de várias nações foi invadida.

Viram pela primeira vez os portugueses, estranhos, vestidos com roupas encobrindo todo o corpo, com barbas.

Muitos acreditam que essa data é a do descobrimento do Brasil, um "feito" de Pedro Álvares Cabral, e o pesar é pelas escolas continuarem ensinando isso aos alunos. Parece que a sociedade não quer admitir seus erros; qualquer pessoa, principalmente os professores, sabem que os povos indígenas vivem nestas terras há mais de 10 mil anos. É um absurdo continuarem ensinando para os alunos que o Brasil foi descoberto.

Nessa triste data, chegaram poucas pessoas e hoje são milhões; os povos indígenas, contudo, eram mais de 6 milhões e agora não chegam a 500 mil.

O PRÉ-CONCEITO

Logo que os portugueses invadiram estas terras, depararam-se com povos bem diferentes deles. Era uma região cheia de diversidade: cada nação com suas riquezas culturais, com muitos conhecimentos passado de pais para filhos; não liam nem escreviam, mas ensinavam oralmente.

Os portugueses não deram nenhum valor aos nossos ancestrais, o que mais fizeram foi desvalorizar nosso povo e, vendo-os como selvagens e primitivos, uma gente sem futuro, suscitando o extermínio.

Os europeus criaram o conceito de progresso e entendiam nosso povo como atrasados. Com esse entendimento, os portugueses achavam-se superiores, cometendo todo tipo de atrocidade.

É importante entender que não existem pessoas ou nações superiores a outros, o que existe são culturas diferentes, e. enquanto essa mentalidade de superioridade prevalecer, a discriminação continuará e nosso povo seguirá sofrendo.

Como os portugueses, ingleses e espanhóis, muitos seguem com a mesma mentalidade de extermínio. Os espanhóis, por exemplo, conseguiram acabar com toda a população indígena de Cuba e outras regiões vizinhas. O preconceito e a ganância dos foram a causa desses desastre e extermínio, bem como a sua incapacidade de entender a nossa diversidade.

Como exemplo desse ataque, cito Nóbrega, que disse, em sua vigésima oitava carta, de 1551, que eram os "índios" os que tinham doenças, contudo devemos relembrar que foram os portugueses que as trouxeram para o Brasil.

No entanto, desde a invasão dos portugueses até os dias de hoje, o Brasil continua sendo uma região (país) de muitas diversidade, com vária nações indígenas distintas; mesmo que não respeitadas pela maioria da população brasileira.

JUNTO VIERAM OS JESUÍTAS

Quando os portugueses invadiram esta terra, vieram juntos os padres jesuítas, também culpados pelo sofrimento de outrora – e de hoje – dos nossos povos. Chegaram evangelizando as nações, querendo ensinar uma nova crença, um novo modo de vida, enraizados no pensamento cristão.

Os jesuítas não consideraram que nossos parentes queriam ser respeitados e que já possuíam suas crenças. Eles não respeitaram e, assim, continuaram fazendo suas pregações, fazendo com que alguns indígenas acreditassem no que diziam.

O pior é que muitos pajés sofreram com isso porque, quando um indígena se tornava cristão, ele ficava contra essa autoridade religiosa; em suas pregações, os jesuítas diziam que os guias espirituais tinham contato com o demônio. Nisso, podemos observar o quanto esses jesuítas também foram violentos com nossos ancestrais e que não respeitaram a cultura indígena. Nossos antepassados de várias nações não tiveram liberdade de continuar ensinando ao seu povo a própria religião.

De um lado, tinham os portugueses que queriam o fim

do corpo indígena, exterminando-o quando nosso povo não queria ser escravizado, diziam que éramos vagabundos, atrasados, que não tinham futuro, e o único jeito era no exterminar. Essa era a vontade dos brancos, concretizada com a morte violenta de muitos indígenas, por muitos séculos.

De outro, tinham os jesuítas missionários que se consideravam os mensageiros de seu Deus, acreditando realizar milagres pelo nosso povo (cf. *O espelho índio: o jesuíta e a destruição da alma indígena*, de Roberto Gambini). Muitos aceitavam ser batizados e se tornavam cristãos, abandonando a religião indígena. Por isso, os pajés lutaram contra essa evangelização, eles sabiam que seria perigoso para a comunidade. Já os jesuítas sabiam que, para converter os nossos ancestrais, seria importante tirar a força dos pajés, e, logo nos primeiros contatos, retratavam esses guias religiosos, encarregados da intermediação entre este mundo e o espiritual, como mentirosos e enganadores, recusando-se a admitir neles a existência de um mínimo grau de integridade, impedindo que cumprissem sua função social.

Nota-se que os jesuítas queriam a conversão dos nossos parentes a qualquer custo, não importando como e nem se tivessem que prejudicar a vida dos pajés, sempre muito respeitados antes da invasão.

Os jesuítas foram bem-sucedidos porque, a cada dia de sua presença em nossa terra, nossos parentes eram convertidos; no entanto, isso não garantia que escapassem da morte. Quando uma aldeia era invadida, morriam os convertidos e os não convertidos. "Na verdade, os jesuítas não se preocupavam tanto se os índios viviam ou morriam; o que contava é que morressem cristão." (*O espelho índio*, p. 166-167)

Do que adiantava esta conversão se os nossos parentes seriam mortos de todo jeito? O que os nossos ancestrais queriam era existir, em corpo e espírito, mas, desde a invasão dos portugueses, o que nosso povo foi "recompensado" apenas com dor e sofrimento. Iniciou-se a escravidão, com muitos assassinatos, sem direito a nada, desencadeando o tratamento que temos até hoje. O que queremos é apenas liberdade e respeito para seguir a nossa religião, para que possamos ensinar nossos filhos a língua materna e toda a tradição.

Se os não indígenas não entenderem isso, nosso povo continuará sofrendo nas garras de políticos, fazendeiros, madeireiros, garimpeiros e padres que ainda querem evangelizar etc.

Relembrando que os jesuítas com evangelização dos nossos ancestrais, os invasores foram ainda mais beneficiados, como disseram Maria Lúcia de Arruda Aranha e Maria Helena Pires em *Temas da filosofia* (1992, p. 182): "quando os primeiros jesuítas aqui chegaram, o processo de cristianização dos índios por eles empreendido facilitou a política de dominação da metrópole".

Deviam ter evangelizado o próprio povo, porque selvagens não eram nossos parentes e sim os invasores que queriam nossas terras a qualquer custo, mas, evidentemente, não o fizeram, " estavam convencidos da superioridade de sua cultuar e religião" (id.)

As histórias escritas por eles tentam mostrar que nossos ancestrais eram os selvagens, pecadores, que não tinha moral religião ou lei. Posso dizer que selvagens não eram os que já estavam aqui há séculos, porque nossos ancestrais não invadiram Portugal o país europeu, se tivessem o feito, admitiram o erro.

Também era comum os jesuítas colocarem na cabeça dos nossos ancestrais que o que eles faziam era pecado. Se nenhuma nação indígena conhecia a noção de pecado, como, então, podiam dizer que nossos ancestrais eram pecadores? Esse foi um dos grandes erros que os jesuítas cometeram, com consequências nos dias de hoje, principalmente por parte dos protestantes que "frequentam" as aldeias, ainda usando esse péssimo discurso.

Se, para os jesuítas, o modo como nossos antepassados viviam era pecado, imagine a dos jesuítas que não rechaçaram o pensamento e a cultura das nações indígenas. Chamavam-nos de imorais.

Não é um pecado isto que fizeram?

Acredito que uma das coisas que os invasores nunca entenderam é o que, de fato, é moral; como se achavam superiores aos povos que massacravam, diziam isso, mas o crime que os invasores cometeram não seria imoral? Que moral é essa?

Quanto a religião, nossos antepassados não eram desprovidos de uma; para o nosso povo a religião era e é fundamental, pois é na religião que nossos costumes são aprendidos; ela é cultural, tradicional. Os pajés tiveram que discordar bravamente dos jesuítas e não aceitar o cristianismo, já que sabiam que essa invasão religiosa prejudicaria imensamente a cultura das nações. Infelizmente, foi o que aconteceu com muitos grupos; convertendo-se ao cristianismo, criavam uma divergência desrespeitosa entre as nações, e o que aprenderam com seu povo era imposto como errado pelos jesuítas.

Os invasores devem ter percebido que, se quisessem convertê-los, era preciso destruir a religião de cada nação. Ainda assim, não é tarde, se os padres e pastores quiserem aprender o que é a religião indígena basta ir a uma aldeia, lá aprenderão que nossa fé não se dá como instituições como as do cristianismo, que parecem mais uma empresa do que uma religião.

Como a sociedade portuguesa e os jesuítas nunca entenderam nosso povo, diziam que nossos ancestrais não tinham lei. Para os invasores, lei é algo que precisa estar escrito; diferente deles, as nossas se davam oralmente e sempre foi respeitada e seguida. Uma lei bem falada é respeitável e vale muito. Já a sociedade europeia há muitos séculos usam leis escritas e que nem por isso, são sempre foram respeitadas, na verdade, servem apenas para deixa--los mais impositivos.

OS BANDEIRANTES

Aqui, falarei daqueles que ficaram conhecidos como os heróis brasileiros: os bandeirantes – como Raposo Tavares, Fernão Dias, Borba Gato e muitos outros.

O que os livros tentam mostrar é que eles foram grandes figuras históricas, no entanto, quem escreveu tal absurdo nunca se preocupou em visitar aldeias para perguntarem o que houve ao nosso povo, que, de fato, vivenciou esses momentos da invasão. Por que será? Será que eles sabem que os nossos parentes dirão o contrário do que mostra a sua história?

Esse "heróis" dizimavam os povos indígenas, em um primeiro momento, indefesos. O que nosso povo sempre quis foi viver em paz, mas esses bandeirantes queriam o fim do nosso povo a qualquer custo – muitas nações foram extintas.

Como os bandeirantes queriam matá-los, nosso povo foi obrigado a enfrentá-los, já sabiam que era uma guerra sem fim com muitas perdas. Covardemente, os bandeirantes andavam muito munidos de armas de fogo; quando não eram mortos, eram escravizados.

Ninguém menciona os heróis indígenas. Por isso, é preciso evidenciar para a sociedade como foram os bandeirantes, como eles chacinaram o nosso povo. É preciso mostrar a realidade, uma que não ofenda o nosso povo, o qual ainda luta contra a farsa e o que ela nos traz. Esses assassinos são celebrados.

INVASÃO DOS PROTESTANTES

Depois de séculos, alguns padres reconheceram o erro que os jesuítas cometeram, e, com isso, começaram a lutar mais pela questão indígena sem evangelizá-los. Essa imposição nunca foi necessária entre o povo indígena. No entanto, não elogio muito essas pessoas porque muitos deles continuam com a mentalidade de outrora. Um exemplo dessa persistência se vê em Mato Grosso, onde os padres Salesianos seguem evangelizando os Xavante, além de serem encontradas aldeias nomeadas com entidades santas. Por que isso?

Assim como os jesuítas, ainda existem algumas congregações religiosas que cometem a mesma violência; em especial, os protestantes. Eles são um dos maiores problemas que os povos indígenas enfrentam no momento; em várias partes do Brasil, existe alguma igreja evangélica que faz de tudo para convertê-los; abordando-os devagar, fazendo amizade.

Certa vez, passeando por uma das aldeia guarani, fiquei espantado em ver a construção de uma igreja evangélica. Fiquei triste ao ver aquilo, mas eu não podia fazer nada.

Isso não se deu por erro do nosso povo, mas, sim, pelo dos protestantes, que nunca aprenderam a nos respeitar e consequentemente, à nossa religião. Acredito que houve e ainda há esse mesmo cenário em outras aldeias.

Esse é um pesar: a nação que seguir uma religião protestante sofrerá muito, e quando digo sofrer é no sentido que perderão parte de sua cultura, talvez perder tudo. Como exemplo, cito mais uma vez a aldeia que estava construindo uma igreja dentro do próprio território. Hoje, esses mesmos indígenas já não seguem mais a própria tradição religiosa, pois vivem como o povo da cidade, pensam, falam, vestem-se e comem como eles. Ainda, esses indígenas que se converteram na religião evangélica, agora criticam os que ainda querem seguir a tradição. Torna-se perigoso um parente indígena, seja ele de qualquer nação, converter-se a uma religião diferente.

O que fizeram e estão fazendo com nossa gente é um crime, mesmo que os invasores entenderam e os indígenas convertidos entendam assim, ambos acreditaram e ainda acreditam que estão ajudando e sendo ajudados. No entanto, não dão nem o direito de deixar os nossos parentes expor suas crenças e costumes. Reforço que o erro não é do nosso povo. Eles seguem cometendo o mesmo erro que os primeiros invasores. Fazem parecer que, sendo diferente, o nosso povo não tem salvação, querem suprimir as religiões divergentes.

Quanto ao nosso povo, não vão da aldeia para a cidade

para destruir a religião dos outros, não se vê ninguém batendo de porta em porta para manipular os outros; este é um respeito que o nosso povo tem, como todos deveriam ter.

Certa vez, eu estava na Aldeia Morro da Saudade que fica na Barragem Parelheiros, na cidade de São Paulo, SP, e, de repente, chegou uma Kombi com várias pessoas, claramente evangélicas. Dois guaranis atenderam aos visitantes. Não demorou muito para que começassem a pregarem a própria religião. Fui até eles, ouvindo os seus absurdos; um deles perguntou se nós acreditávamos em Deus, se tínhamos lido a Bíblia.

Veja só se isso não é uma falta de respeito para com o nosso povo. Como eu estava ali, tomei a iniciativa de respondê-los. Primeiro, falei que nossa nação guarani já tem a própria religião e sempre acreditou em um criador, sem desrespeitar as religiões dos outros. Depois disso, começaram a falar mais devagar e disseram que vieram só para conhecer a aldeia, disseram que nunca tiveram a oportunidade de conhecer uma, sendo mais gentis no discurso, mesmo que a sua intenção seguisse a mesma.

Os evangélicos e sua manipulação são um dos maiores problemas que as comunidades indígenas enfrentam, tanto nas do Brasil quanto nas de outros países da América. Com essa manipulação, existente desde o princípio, já conseguiram destruir muito da nossa cultura, tornando nossa gente cristã – alguns, inclusive, já são até pastores, o que, a meu ver, é um verdadeiro massacre, sem remediação.

Quando vamos a uma aldeia, seja ela qual for, encontramos parentes que ainda mantêm sua tradição religiosa, sua cultura preservada. A religião tradicional faz parte da nossa cultura e é, através dela, que temos ordem e força – uma nação sem sua religião tem seu povo em sofrimento e enfraquecido.

Na aldeia krukutu, em São Paulo, o cacique Marcos Tupã, da comunidade guarani, é um líder que segue veementemente a própria religião, pois sabe a força que tem uma comunidade tradicional; ele não deixa de receber pessoas que queiram visitar, independentemente da religião, mas não permite evangelização; sempre que tentam, ele e as lideranças do local impõem respeito, além de impedir outra visita dessas pessoas.

Nessa visita, presenciei um momento interessante: chegaram três carros na aldeia, cheio de evangélicos, todos testemunha de Jeová. Logo que desembarcaram, chamaram o cacique, que os recebeu, cumprimentou-os com muita educação. Falaram que gostariam de ir à casa das famílias e falar um pouco sobre Jesus. O cacique, no entanto, disse, como em muitas outras vezes, que já tem uma casa de reza na aldeia e que a comunidade precisava ser respeitada, visitas eram permitidas desde que não houvesse intenção evangelização. Todos ficaram surpresos com a fala de Marcos Tupã, mas um deles não admitiu as regras expostas e retrucou o cacique, dizendo que ninguém proibiria ele de levar a palavra de Jesus. Ao ouvir a resposta do evangélico, o cacique replicou sua condição em tom mais firme, ameaçando prendê-los na aldeia se não acatassem, alegando que nem a polícia federal os tirariam de lá.

O grupo se calou e passou para uma abordagem e união mais gentil, notaram como o cacique podia rebater qualquer tentativa. Não ousaram falar mais nenhuma palavra que o contradissesse, pedindo apenas para conhecerem a aldeia. O cacique autorizou e uma das lideranças acompanharam os evangélicos até a saída da comunidade.

É impressionante como eles chegam nas aldeias e querem submeter os indígenas à sua religião, custando o que custar, achando que têm o direito de impor seu pensamento, sem ao menos perguntar às comunidades se querem conhecer outra religião. Contudo, como sabemos que a maioria dos evangélicos não entendem que nossos parentes guarani, terena, xavante, kaingang e todas as etnias do Brasil devem ser respeitados, penso que muitos sofrerão nas mãos deles por muitos anos.

Outra vez, chegaram duas vans, também com evangélicos, que se apresentaram sendo da igreja Universal, demonstrando simpatia; logo, falaram com um dos indígenas, pois gostaria de falar com o cacique, sem saber que falavam com o próprio. Disseram que trouxeram alimentos para a comunidade, mas não demorou muito para que um expusesse que, depois de abastecer a aldeia, gostariam que o cacique chamasse todos da aldeia para participar de um culto. O cacique Marcos Tupã, no entanto, contou que na aldeia tem uma casa sagrada chamada chama Opy, onde se conversa com Deus, demonstrando que não é permitido outra religião que não a tradicional.

Como sempre, não gostaram de ouvir aquilo, uma vez que sempre visitam as aldeias com desrespeito à opinião da própria comunidade. Assim, pergunto: é humano o que os evangélicos fazem? Invadindo a privacidade de nossas comunidades, da cultura religiosa. Acredito, com isso, que nossos parentes de todas as nações, em especial, aquelas que ainda não foram manipuladas, precisam estar sempre atentas e vigilantes, pois é certo que eles virão, precisamos, assim, nos defender, garantindo que nossas nações continuem fortes e resistam a essa opressão.

Uma das principais formas é negar e esquivar dessas investidas, confiando que eles não têm poder sobre a nossa gente. É preciso reforçar que não queremos ouvir nenhuma pregação; caso insistam, é possível informar o acontecimento à Funai e ao Ministério Público, uma vez que é um direito dos povos indígenas preservar sua cultura e a própria religião tradicional.

Por fim, relembro a vez em que visitei uma aldeia guarani em que a maioria dos indígenas são evangélicos. Estive na casa de uma indígena, que me contou que, às vezes, nos sábados os indígenas e outros evangélicos não indígenas, que vêm de alguma cidade conhecer a aldeia, dividem-se em grupo e vão nas casas de quem não é evangélico para convidar para o culto; contou que todas as vezes que eles vêm, ela sai e deixa-os fazendo suas gritarias, já que que não pode fazer nada, pois é uma simples idosa, que sofre nas mãos dos que entram em sua casa, contra a sua vontade. Para mim, isso é um abuso a uma senhora de idade, que quer viver em paz, com sua tradição.

ACULTURAÇÃO VISTA PELOS BRANCOS

Uma das coisas que tenho ouvido muito é a palavra aculturação. Os brancos têm o costume de dizer que uma nação ou tribo já são aculturadas, que não são mais indígenas – mais uma forma de discriminação.

Exemplifico isso com os nossos parentes guarani das aldeias que ficam em São Paulo Capital – Tenondé Porã e Krukutu. Essas duas aldeias são tradicionais e resistem contra o massacre da nossa população. Veja só, os brancos quando chegaram aqui fizeram de tudo para acabar com as nações indígenas, matando nosso povo, ou destruindo a cultura, querendo impor a deles, aliás, basta lembrar que eles fizeram de tudo para que nosso povo vestisse roupas, que falasse a sua língua. Para os invasores, o indígena bom era aquele que os acatavam. Passaram-se muitos séculos e o povo guarani, em especial os dessas aldeias, preservam a própria cultura. No entanto, por conta da imposição do branco, eles e outras nações acabam agregando parte dos seus aparatos e mídia. Com isso, na aldeia Tenondé Porã, por exemplo, os brancos dizem que os nativos são aculturados, mas esse entendimento ofende nossos parentes, pois implica em quererem que vivamos como vivíamos em 1500.

Certa vez, nessa mesma aldeia, os indígenas colocaram um telefone comunitário, alegando que os ajudaria muito, mas houve pessoas criticando o ato, dizendo que a aldeia não precisava dessa tecnologia. O que não percebem, no entanto, é o quanto será útil para a comunidade. Se todas as aldeias tivessem um telefone comunitário, não implicaria na perda de sua cultura.

Também há a questão da educação, que muito me preocupa: faltam escolas nas aldeias. Nossos parentes têm percebido que, se há escolas nas aldeias, há melhora na comunidade; muitas nações lutam para que tenha uma em sua aldeia, que seja bilíngue.

A escola é uma das formas pelas quais nosso povo pode lutar pelos nossos direitos; já que não é o arco e a flecha que resolverá os problemas no momento, mas, sim, o conhecimento – fato que muitos não entendem e, por isso, dizem que os indígenas que estudam e principalmente os que já estão na faculdade são aculturados. Os que estão na faculdade são poucos e já ouvi pessoas criticarem, dizendo que deviam permanecer nas aldeias.

Ora, no passado, os jesuítas e a sociedade queriam que nossos ancestrais estudassem, diziam que era um povo atrasado e selvagem, que precisava fazer parte da civilização, mas agora que estão querendo estudar, aprender um pouco mais para poder viver no meio dessa sociedade com mais facilidade surge a contradição, chegam a dizer que o indígena verdadeiro é aquele que vive no mato, que não tem muito contato com os brancos (com eles), que não entendem o português direito, que não sabe ler. No passado, nossos ancestrais viviam do modo como, atualmente, os brancos acham que deveríamos viver, mas éramos considerados selvagens; hoje, se não vivemos como antes, chamam-nos de aculturados.

Mesmo que critiquem, nossos parentes precisam estudar, pois, no momento, essa é a nossa melhor arma, principalmente para o futuro das nações indígenas, uma vez que tudo é muito incerto. Por isso, as escolas nas aldeias serão muito importantes; acredito que, assim, teremos muitos parentes formados para serem professores na aldeia e nas cidades, tendo mais voz. Sonho que alguns sejam autores para escreverem livros sobre o nosso povo – assim como estou escrevendo para relatar uma história verdadeira, não com conceitos que, ao invés de ajudar, prejudicam. Um exemplo disso, é o filósofo Leibiniz, que escreveu que "os índios são tão selvagens que são piores que animais".

Retomo um absurdo que aconteceu em uma aldeia guarani. Havia um cineasta entre nossos parentes interessado em fazer um filme e queria 100 guaranis para trabalharem na película, e todos teriam que ficar nus. O homem notou que nossos parentes não gostaram de sua ideia e disse, ofensivamente, «é vocês já são aculturados».

É importante lembrar que, em 1500, nossos parentes sofreram por não usarem roupas como os portugueses, passaram-se séculos e, como a pressão dos dominantes foi tanta, várias nações foram obrigadas a se vestirem. Outra ironia.

Para eles, indígena verdadeiro é aquele que anda pelado, que não tem vergonha de mostrar seu corpo.

As nações não são aculturados, basta ir a uma aldeia guarani para ver que nosso povo ainda preserva sua cultura a qualquer custo, mesmo usando relógio, rádio, televisão e até falando português. Essa palavra aculturação é, na verdade, um pré-conceito e que ofende a qualquer indígena. Por isso é preciso que a sociedade não indígena entenda que os tempos mudaram e nosso povo também se adapta, afinal, somos seres humanos tentando viver o melhor possível.

Você notará que a sociedade não indígena, muitas vezes, são criticadas pela classe intelectual, que tem o costume de dizer que os brasileiros são, na verdade, americanizados. Fazendo uma reflexão, veremos que essa sociedade sofre uma opressão dos Estados Unidos, e sei que boa parte da população não gosta de ser considerada assim; da mesma forma que nossos parentes não gostam de ser considerados aculturados. A população fazem uso de produtos materiais e culturais dos Estados Unidos, mas não necessariamente pensam como eles.

Por isso é relevante que os antropólogos, historiadores e todos aqueles que estudam as questões indígenas tenham cuidado nos conceitos que criam, para que nossos parentes não sofram ainda mais com essas palavras preconceituosas, certamente não criadas pelo "povão".

FUNDAÇÃO NACIONAL DO ÍNDIO (FUNAI)

Se a Funai cumprisse o seu papel, trabalhando seriamente para as comunidades indígenas, eu seria um dos primeiros a elogiá-la, mas o que sei é que muitos parentes de várias nações do Brasil criticam-na pelo trabalho medíocre que faz.

No entanto, não quero generalizar; alguns se preocupam verdadeiramente com comunidades, mas não resolvem nossos problemas e cuidam de nossas questões, uma vez que as pessoas com o poder não o usa a nosso favor.

A Funai foi criada na época da ditadura militar, o que faz necessário pensar se os fundadores da época estava mesmo preocupados em defender as nações indígenas; já conversei com vários indígenas mais velhos e muitos disseram que, na década de 1970, os funcionários não tratavam nossos parentes decentemente. Daquela época até os dias de hoje, muita coisa não foi feita, não por falta de dinheiro, mas por falta de vontade.

Na década de 1990, o Brasil foi piorando economicamente, afetando, inclusive, a Funai: todo o progresso desde a sua criação foi minado. Tornou-se comum os funcionários da Funai alegarem que não há verba suficiente disponibilizada pelo Governo.

Nem por isso devemos nos compadecer, pois quando havia

muitos recursos, pouco foi feito. Agora que pouquíssimo se tem, é feito quase nada. Mesmo tendo menos do que antes, não justifica sua inércia. Muitos indígenas, inclusive, acreditam que ela nem deveria existir.

O INDÍGENA NA POLÍTICA

Mário Juruna, da nação xavante, foi o primeiro Deputado Federal deste País, e Ângelo Kretã, o primeiro vereador na história.

Várias pessoas me perguntam em palestras se seria bom indígenas participarem da política. Sempre digo que sim, pois acredito que, com os nossos parentes presentes nessas esferas, nossas questões seriam consideradas e resolvidas por quem, de fato, sabe o que é necessário para o nosso povo.

Aliás, se quisermos melhoria para as comunidades indígenas, é preciso que nossos parentes comecem a estudar e considerar a atuação política, uma vez que muitos políticos se importam mais com lucros do que com a preservação das nossas nações. O indígena nesses espaços de poder não necessariamente se importariam apenas com o nosso povo, mas daria voz às minorias, como os sem-terra, os negros, a população carente etc. Muitos têm a capacidade de ocupar esses lugares com maestria.

Retomo Ângelo Kretã, da nação kaingáng, assassinado a mando de pessoas de poder que queriam explorar a madeira da tribo em detrimento de seu povo –sua aldeia possui a maior reserva de araucária do Brasil. Esse indígena era cacique, um grande líder, de muita sabedoria, sempre lutando por seu povo para defender suas terras contra os invasores. Como era um grande líder, entrou na política como vereador de Mangueirinha, sendo o primeiro do Brasil, seguido de Mário Juruna, primeiro Deputado Federal. Infelizmente, Ângelo Kretã não teve tempo de fazer mais, pois tiraram sua vida.

Daí a relevância de mais indígenas nas câmaras e no senado, mesmo com muitos impedimentos, como boa parte dos representantes políticos que não se importam com a população indígena.

ESCOLA NAS ALDEIAS

Muitas nações desejam que haja escolas em suas aldeias.

Imagine se a Funai tivesse cumprido seu papel desde os anos 1970: hoje, teríamos muitos indígenas, alfabetizados, universitários e graduados. No entanto, como não houve muito interesse em solucionar essas questões, o que vemos hoje são as nações sem acesso à educação. Se a Funai deseja ajudar as comunidades, uma das prioridades, é o acesso à educação, uma das vias mais eficientes para o enfrentamento da opressão iniciada em 1500

Já ouvi pessoas dizerem que não é bom os indígenas estudarem, só que nunca perguntaram para os próprios o que eles querem. Os brancos sempre perceberam que a educação e o conhecimento têm poder, então por que não podemos tê-lo?

A Funai e todas as instâncias que trabalham com a questão indígena, principalmente, as que trabalham com a parte da educação, deviam lutar mais para que as aldeias que desejam ter sua escola sejam atendidas.

Às vezes, penso que essas pessoas que dizem ajudar os povos indígenas, na verdade, não querem que os problemas sejam resolvidos, talvez, se nossos parentes continuarem com problemas o lucro não será afetado. Por isso, é que me preocupo muito com a parte da educação e sei que muitos em várias aldeias desejam estudar.

*

*   *

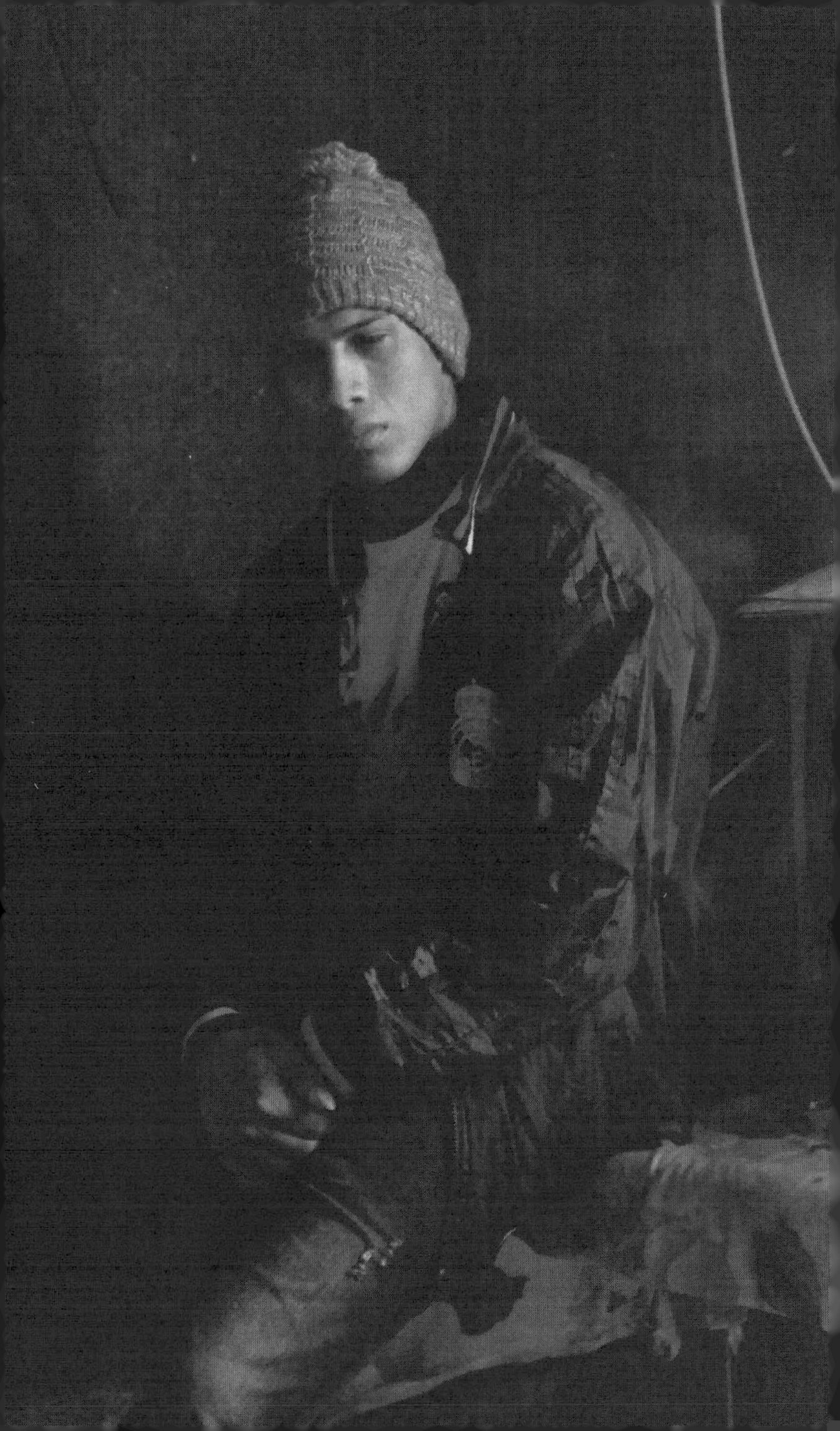

E TREME
MONDIAL

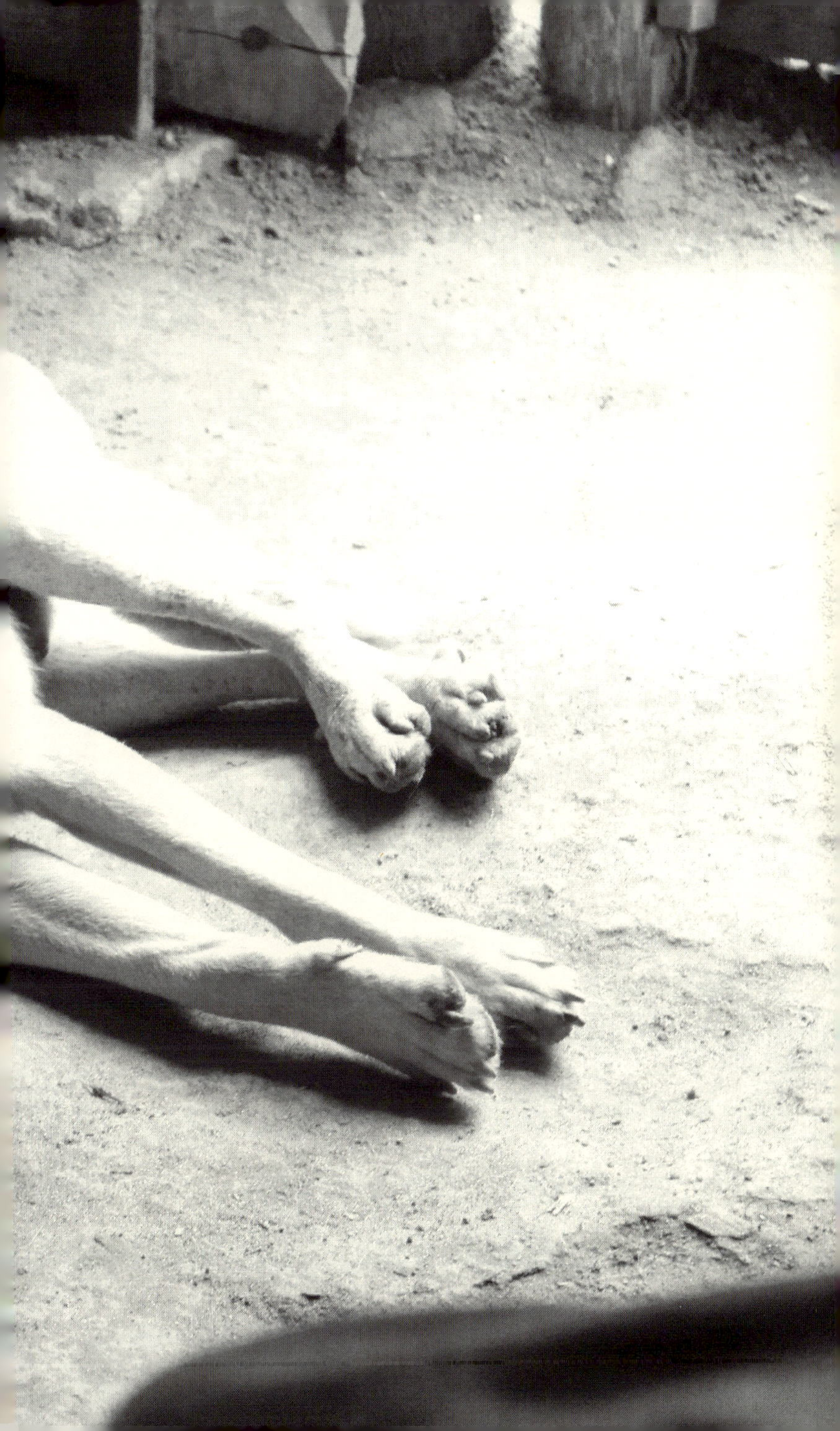

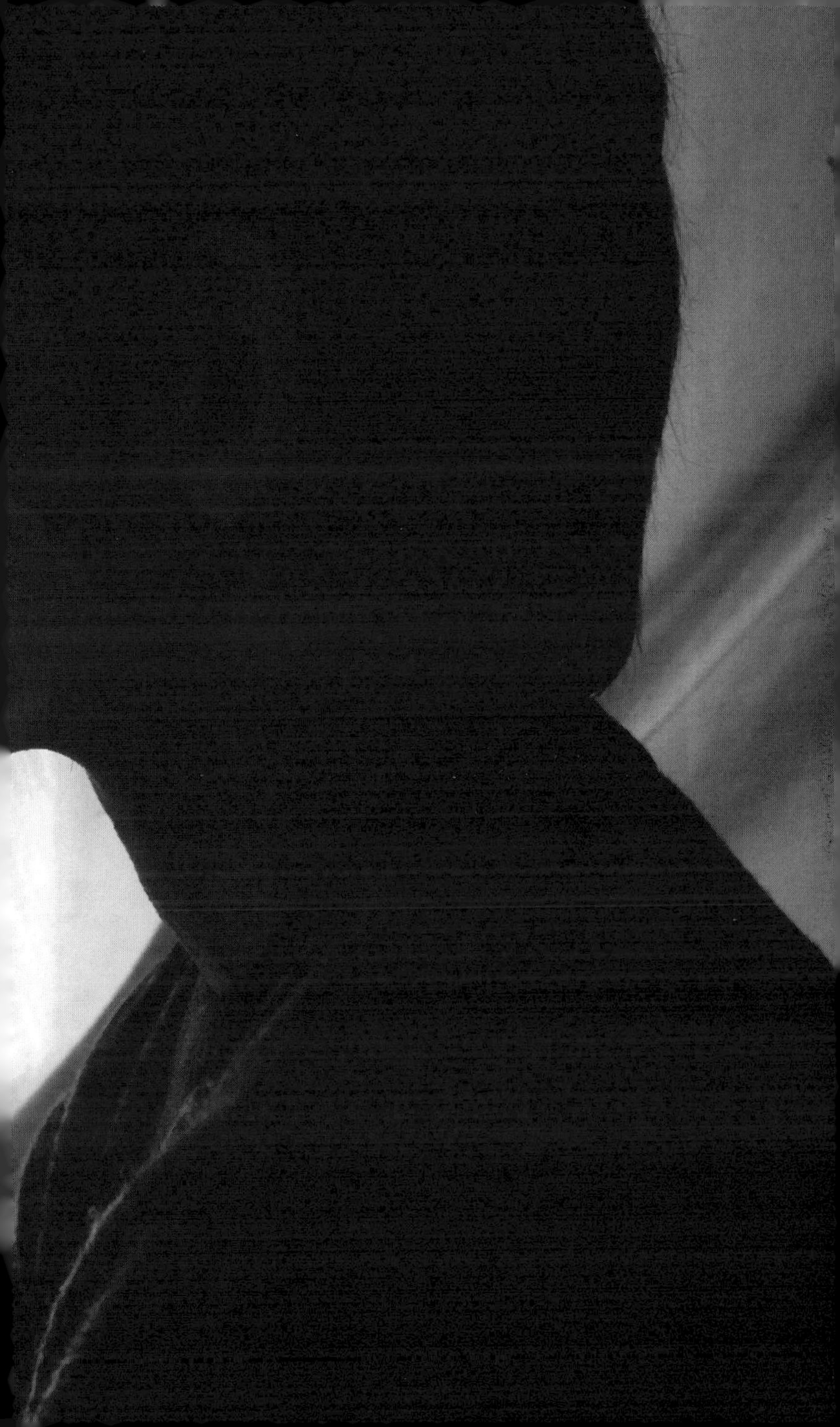

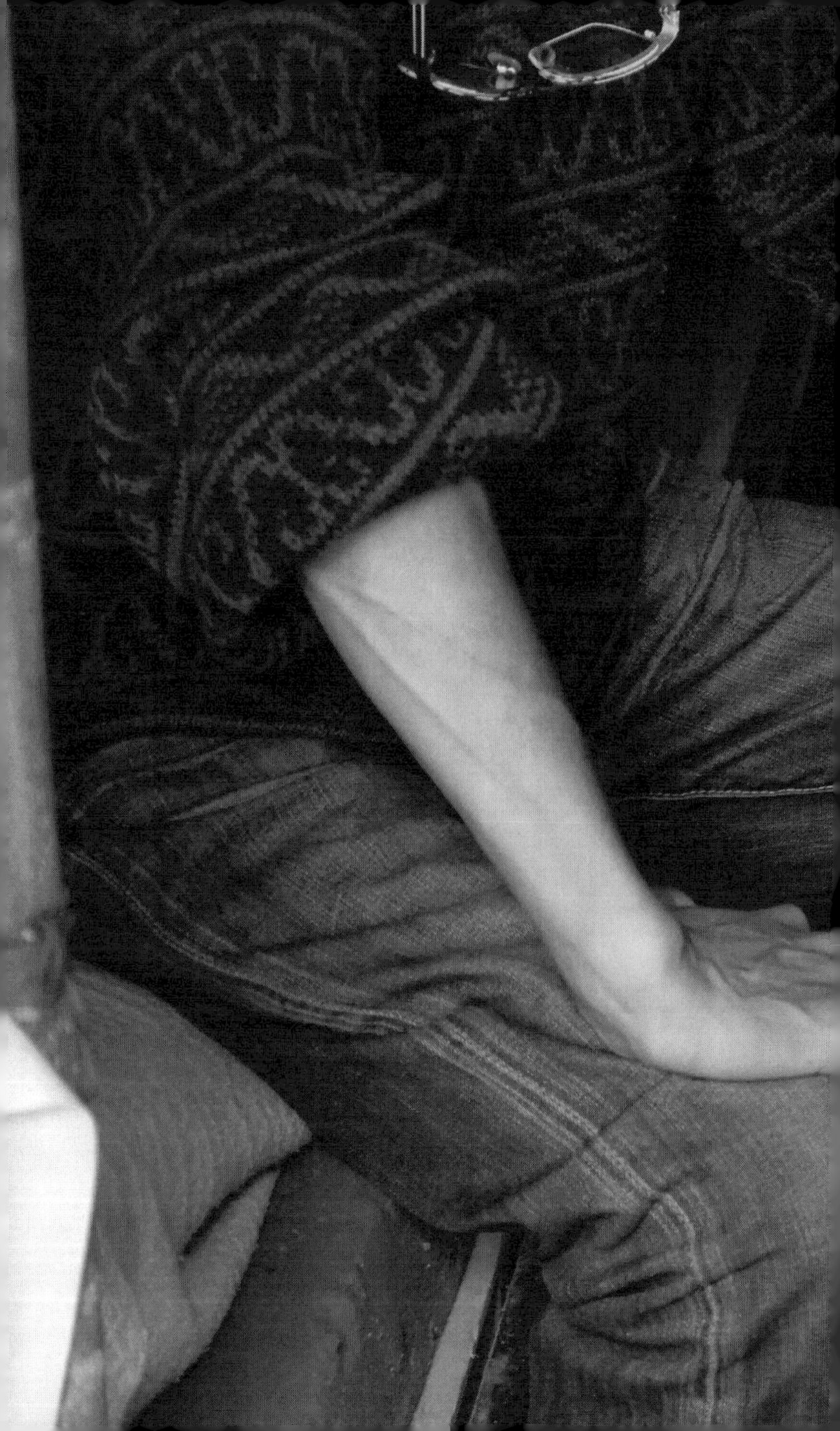

OLÍVIO JEKUPÉ

escritor de literatura nativa, estudou filosofia na USP e já publicou 24 livros, é palestrante, tem 5 filhos e atualmente mora na aldeia kakane Porã, em Curitiba.

este livro foi editado

no inverno

de 2022